Wilhelm   Busch

**Zu Guter Letzt**

Wilhelm  Busch

**Zu Guter Letzt**

ISBN/EAN: 9783337353148

Hergestellt in Europa, USA, Kanada, Australien, Japan

Cover: Foto ©Andreas Hilbeck / pixelio.de

Weitere Bücher finden Sie auf **www.hansebooks.com**

# Zu guter Letzt

von

# Wilhelm Busch.

**Mit dem Portrait des Verfassers.**

31$^{stes}$ bis 35$^{stes}$ Tausend.

**München.**

Verlag von Fr. Bassermann.
1905.

Halt dein Rösslein nur im Zügel,
　Kommst ja doch nicht allzuweit.
Hinter jedem neuen Hügel
　Dehnt sich die Unendlichkeit.

Nenne Niemand dumm und säumig,
　Der das Nächste recht bedenkt.
Ach, die Welt ist so geräumig,
　Und der Kopf ist so beschränkt.

Dies für Den und Das für Jenen.
  Viele Tische sind gedeckt.
Keine Zunge soll verhöhnen,
  Was der andern Zunge schmeckt.

Lasse Jedem seine Freuden,
  Gönn ihm, daß er sich erquickt,
Wenn er sittsam und bescheiden
  Auf den eignen Teller blickt.

Wenn jedoch bei deinem Tisch er
  Unverschämt dich neckt und stört,
Dann so gieb ihm einen Wischer,
  Daß er merkt, was sich gehört.

Nirgend sitzen todte Gäste.
  Allerorten lebt die Kraft.
Ist nicht selbst der Fels, der feste,
  Eine Kraftgenossenschaft?

Durch und durch aus Eigenheiten,
  So und so zu sein bestrebt,
Die sich lieben, die sich streiten,
  Wird die bunte Welt gewebt.

Hier gelingt es, da mißglückt es.
  Wünsche finden keine Rast.

Unterdrücker, Unterdrücktes,
Jedes Ding hat seine Last.

———

Der Fährmann lag in seinem Schiff
 Beim Schein des Mondenlichts,
Als etwas kam und rief und pfiff
 Doch sehen that er nichts.

Ihm war, als stiegen hundert ein.
 Das Schifflein wurde schwer.
Flink, Fährmann, fahr uns übern Rhein,
 Die Zahlung folgt nachher.

Und als er seine Pflicht gethan,
 Da ging es klinglingling,
Da warf ein Goldstück in den Kahn
 Jedwedes Geisterding.

Husch, weg und weiter zog die Schar.
 Verwundert steht der Mann:
So Seelen sind zwar unsichtbar
 Und doch ist etwas dran.

———

Ob er gleich von hinnen schied,
 Ist er doch geblieben,
Der so manches schöne Lied

6

Einst für uns geschrieben.

Unser Mund wird ihn entzückt
   Lange noch erwähnen,
Und so lebt er hochbeglückt
   Zwischen hohlen Zähnen.

——

Ein Künstler auf dem hohen Seil,
Der alt geworden mittlerweil,
Stieg eines Tages vom Gerüst
Und sprach: Nun will ich unten bleiben
Und nur noch Hausgymnastik treiben,
Was zur Verdauung nöthig ist.
   Da riefen alle: Oh, wie schad!
Der Meister scheint doch allnachgrad
Zu schwach und steif zum Seilbesteigen!
   Ha! denkt er, dieses wird sich zeigen!
Und richtig, eh der Markt geschlossen,
Treibt er auf's neu die alten Possen
Hoch in der Luft und zwar mit Glück,
Bis auf ein kleines Mißgeschick.
   Er fiel herab in großer Eile
Und knickte sich die Wirbelsäule.
   Der alte Narr! Jetzt bleibt er krumm
So äußert sich das Publikum.

——

Wenn die Tante Adelheide
    Als Logierbesuch erschien,
Fühlte Fritzchen große Freude,
    Denn dann gab es was für ihn.

Immer hat die liebe Gute
    Tief im Reisekorb versteckt
Eine angenehme Tute,
    Deren Inhalt köstlich schmeckt.

Täglich wird dem braven Knaben
    Draus ein hübsches Stück beschert,
Bis wir schließlich nichts mehr haben
    Und die Tante weiter fährt.

Mit der Post fuhr sie von hinnen.
    Fritzchens Trauer ist nur schwach.
Einer Tute, wo nichts drinnen,
    Weint man keine Thräne nach.

———

Gestützt auf seine beiden Krücken,
Die alte Kiepe auf dem Rücken,
Ging durch das Dorf ein Bettelmann
Und klopfte stets vergeblich an.
    Erst aus dem allerletzten Haus
Kam eine gute Frau heraus,
Die grad den dritten Mann begraben,
Daher geneigt zu milden Gaben,
Und legt in seines Korbes Grund

Ein Brod von mehr als sieben Pfund.
  Ein schmaler Steg führt gleich danach
Ihn über einen Rauschebach.
  Jetzt hab ich Brod, jetzt bin ich glücklich!
So rief er froh, und augenblicklich
Fiel durch den Korb, der nicht mehr gut,
Sein Brod hinunter in die Fluth.
  Das kommt von solchem Übermuth.

———

In der ersten Nacht des Maien
  Läßt's den Hexen keine Ruh.
Sich gesellig zu erfreuen,
  Eilen sie dem Brocken zu.

Dorten haben sie ihr Kränzchen.
  Man verleumdet, man verführt,
Macht ein lasterhaftes Tänzchen,
  Und der Teufel präsidiert.

———

Willst du gelobt sein, so verzichte
  Auf kindlich blödes Wesen.
Entschließ dich, deine himmlischen Gedichte
  Den Leuten vorzulesen.

Die Welt ist höflich und gesellig,
  Und eh man dich beleidigt,

Sagt wohl ein jeder leicht, was dir gefällig,
    Denn keiner ist beeidigt.

———

Sie ist ein reizendes Geschöpfchen,
    Mit allen Wassern wohl gewaschen;
Sie kennt die süßen Sündentöpfchen
    Und liebt es, häufig draus zu naschen.

Da bleibt den sittlich Hochgestellten
    Nichts weiter übrig, als mit Freuden
Auf diese Schandperson zu schelten
    Und sie mit Schmerzen zu beneiden.

———

Ganz unverhofft, an einem Hügel,
Sind sich begegnet Fuchs und Igel.
    Halt, rief der Fuchs, du Bösewicht.
Kennst du des Königs Ordre nicht?
Ist nicht der Friede längst verkündigt,
Und weißt du nicht, daß jeder sündigt,
Der immer noch gerüstet geht?
Im Namen seiner Majestät,
Geh her und übergieb dein Fell.
    Der Igel sprach: Nur nicht so schnell.
Lass' dir erst deine Zähne brechen,
Dann wollen wir uns weiter sprechen.
    Und allsogleich macht er sich rund,

Schließt seinen dichten Stachelbund
Und trotzt getrost der ganzen Welt,
Bewaffnet, doch als Friedensheld.

———

Der Bauer sprach zu seinem Jungen:
Heut in der Stadt da wirst du gaffen.
Wir fahren hin und seh'n die Affen.
    Es ist gelungen
Und um sich schief zu lachen,
Was die für Streiche machen
Und für Gesichter,
Wie rechte Bösewichter.
Sie krauen sich,
Sie zausen sich,
Sie hauen sich,
Sie lausen sich,
Beschnuppern dies, beknuppern das,
Und Keiner gönnt dem Andern was,
Und essen thun sie mit der Hand,
Und alles thun sie mit Verstand,
Und Jeder stiehlt als wie ein Rabe.
Paß auf, das siehst du heute.
    Oh Vater, rief der Knabe,
Sind Affen denn auch Leute?
    Der Vater sprach: Nun ja,
Nicht ganz, doch so beinah.

———

Zwiefach sind die Phantasieen,
   Sind ein Zauberschwesternpaar,
Sie erscheinen, singen, fliehen
   Wesenlos und wunderbar.

Eine ist die himmelblaue,
   Die uns froh entgegen lacht,
Doch die andre ist die graue,
   Welche angst und bange macht.

Jene singt von lauter Rosen,
   Singt von Liebe und Genuß;
Diese stürzt den Hoffnungslosen
   Von der Brücke in den Fluß.

———

Rötlich dämmert es im Westen
   Und der laute Tag verklingt,
Nur daß auf den höchsten Ästen
   Lieblich noch die Drossel singt.

Jetzt in dichtbelaubten Hecken,
   Wo es still verborgen blieb,
Rüstet sich das Volk der Schnecken
   Für den nächtlichen Betrieb.

Tastend streckt sich ihr Gehörne.
   Schwach nur ist das Augenlicht.
Dennoch schon aus weiter Ferne

Wittern sie ihr Leibgericht.

Schleimig, säumig, aber stete,
  Immer auf dem nächsten Pfad,
Finden sie die Gartenbeete
  Mit dem schönsten Kopfsalat.

Hier vereint zu ernsten Dingen,
  Bis zum Morgensonnenschein,
Nagen sie geheim und dringen
  Tief ins grüne Herz hinein.

Darum braucht die Köchin Jettchen
  Dieses Kraut nie ohne Arg.
Sorgsam prüft sie jedes Blättchen,
  Ob sich nichts darin verbarg.

Sie hat Furcht, den Zorn zu wecken
  Ihres lieben gnädgen Herrn.
Kopfsalat, vermischt mit Schnecken,
  Mag der alte Kerl nicht gern.

———

Schon viel zu lang
Hab ich der Bosheit mich ergeben.
Ich lasse tödten, um zu leben,
  Und bös macht bang.

Denn niemals ruht
Die Stimme in des Herzens Tiefe,

Als ob es zärtlich klagend riefe:
   Sei wieder gut.

   Und frisch vom Baum
Den allerschönsten Apfel brach ich.
Ich biss hinein, und seufzend sprach ich,
   Wie halb im Traum:

   Du erstes Glück,
Du alter Paradiesesfrieden,
Da noch kein Lamm den Wolf gemieden,
   Oh komm zurück.

———

Wohl tausendmal schon ist er hier
   Gestorben und wiedergeboren,
Sowohl als Mensch, wie auch als Thier,
   Mit kurzen und langen Ohren.

Jetzt ist er ein armer blinder Mann,
   Es zittern ihm alle Glieder,
Und dennoch, wenn er nur irgend kann,
   Kommt er noch tausendmal wieder.

———

Es giebt ja leider Sachen und Geschichten,
   Die reizend und pikant,
Nur werden sie von Tanten und von Nichten

Niemals genannt.

Verehrter Freund, so sei denn nicht vermessen,
　　Sei zart und schweig auch du.
Bedenk: Man liebt den Käse wohl, indessen
　　Man deckt ihn zu.

―――

Auguste, wie fast jede Nichte,
Weiß wenig von Naturgeschichte.
Zu bilden sie in diesem Fache,
Ist für den Onkel Ehrensache.
Auguste, sprach er, glaub es mir,
Die Meise ist ein nettes Thier.
Gar zierlich ist ihr Leibesbau,
Auch ist sie schwarz weiß gelb und blau.
Hell flötet sie und klettert munter
Am Strauch kopfüber und kopfunter.
Das härtste Korn verschmäht sie nicht,
Sie hämmert, bis die Schale bricht.
Mohnköpfen bohrt sie mit Verstand
Ein Löchlein in den Unterrand,
Weil dann die Sämerei gelind
Von selbst in ihren Schnabel rinnt.
Nicht immer liebt man Fastenspeisen,
Der Grundsatz gilt auch für die Meisen.
Sie gucken scharf in alle Ritzen,
Wo fette Käferlarven sitzen,
Und fangen sonst noch Myriaden
Insekten, die dem Menschen schaden,

Und hieran siehst du außerdem,
Wie weise das Natursystem. —
So zeigt er, wie die Sache lag.

Es war kurz vor Martinitag.
Wer dann vernünftig ist und kann's
Sich leisten, kauft sich eine Gans.

Auch an des Onkels Außengiebel
Hing eine solche, die nicht übel,
Um, nackt im Freien aufgehangen,
Die rechte Reife zu erlangen.
Auf diesen Braten freute sich
Der Onkel sehr und namentlich
Vor allem auf die braune Haut,
Obgleich er sie nur schwer verdaut.

Martini kam, doch kein Arom
Von Braten spürt der gute Ohm.
Statt dessen trat voll Ungestüm
Die Nichte ein und zeigte ihm
Die Gans, die kaum noch Gans zu nennen,
Ein Scheusal, nicht zum Wiederkennen,
Zernagt beinah bis auf die Knochen.
Kein Zweifel war, wer dies verbrochen,
Denn deutlich lehrt der Augenschein,
Es konnten nur die Meisen sein.
Also ade! du braune Kruste.

Ja, lieber Onkel, sprach Auguste,
Die gern, nach weiblicher Manier,
Bei einem Irrthum ihn ertappt:
Die Meise ist ein nettes Thier.
Da hast du wieder recht gehabt.

———

Von Fruchtomletts da mag berichten
Ein Dichter aus den höhern Schichten.
Wir aber, ohne Neid nach oben,
Mit bürgerlicher Zunge loben
Uns Pfannekuchen und Salat.
Wie unsre Liese delikat
So etwas backt und zubereitet,
Sei hier in Worten angedeutet.
Drei Eier, frisch und ohne Fehl,
Und Milch und einen Löffel Mehl,
Die quirlt sie fleißig durcheinand
Zu einem innigen Verband.
Sodann, wenn Thränen auch ein Übel,
Zerstückelt sie und mengt die Zwiebel
Mit Öl und Salz zu einer Brühe,
Daß der Salat sie an sich ziehe.
Um diesen ferner herzustellen,
Hat sie Kartoffeln abzupellen.
Da heißt es, fix die Finger brauchen,
Den Mund zu spitzen und zu hauchen,
Denn heiß geschnitten nur allein
Kann der Salat geschmeidig sein.
Hierauf so geht es wieder heiter
Mit unserm Pfannekuchen weiter.
Nachdem das Feuer leicht geschürt,
Die Pfanne sorgsam auspoliert,
Der Würfelspeck hinein geschüttelt,
So daß es lustig brät und brittelt,
Pisch, kommt darüber mit Gezisch
Das ersterwähnte Kunstgemisch.
Nun zeigt besonders und apart
Sich Lieschens Geistesgegenwart,

Denn nur zu bald, wie allbekannt,
Ist solch ein Kuchen angebrannt.
   Sie prickelt ihn, sie stockert ihn,
Sie rüttelt, schüttelt, lockert ihn
Und lüftet ihn, bis augenscheinlich
Die Unterseite eben bräunlich,
Die umgekehrt geschickt und prompt
Jetzt ihrerseits nach oben kommt.
   Geduld, es währt nur noch ein bissel,
Dann liegt der Kuchen auf der Schüssel.
   Doch späterhin die Einverleibung,
Wie die zu Mund und Herzen spricht,
Das spottet jeglicher Beschreibung,
Und darum endet das Gedicht.


Stark in Glauben und Vertrauen,
   Von der Burg mit festen Thürmen
Kannst du dreist herniederschauen,
   Keiner wird sie je erstürmen.

   Lass sie graben, lass sie schanzen,
Stolze Ritter, grobe Bauern,
   Ihre Flegel, ihre Lanzen
Prallen ab von deinen Mauern.

Aber hüte dich vor Zügen
   In die Herrschaft des Verstandes,
Denn sogleich sollst du dich fügen
   Den Gesetzen seines Landes.

Bald umringen dich die Haufen,
   Und sie ziehen dich vom Rosse,
Und du mußt zu Fuße laufen
   Schleunig heim nach deinem Schlosse.

———

Wie es scheint, ist die Moral
   Nicht so bald beleidigt,
Während Schlauheit allemal
   Wüthend sich vertheidigt.

Nenn den Schlingel liederlich,
   Leicht wird er's verdauen;
Nenn ihn dumm, so wird er dich,
   Wenn er kann, verhauen.

———

Ich bin mal so, sprach Förster Knast,
Die Flunkerei ist mir verhasst,
Doch sieht man oft was Sonderbares.
   Im Frühling vor fünf Jahren war es,
Als ich stockstill, den Hahn gespannt,
Bei Mondschein vor dem Walde stand.
Da läßt sich plötzlich flügelsausend
Ein Kranichheer, wohl an die tausend,
Ganz dicht zu meinen Füßen nieder.
Sie kamen aus Egypten wieder

Und dachten auf der Reise nun
Sich hier ein Stündchen auszuruhn.

    Ich selbstverständlich, schlau und sacht,
Gab sehr genau auf alles acht.

    Du, Hans, so rief der Oberkranich,
Hast heut die Wache, drum ermahn ich
Dich ernstlich, halt dich stramm und pass
Gehörig auf, sonst giebt es was.

    Bald schlief ein Jeder ein und sägte.
Hans aber stand und überlegte.

    Er nahm sich einen Kieselstein,
Erhob ihn mit dem rechten Bein
Und hielt sich auf dem linken nur
In Gleichgewicht und Positur.

    Der arme Kerl war schrecklich müd,
Erst fiel das linke Augenlid,
Das rechte blinzelt zwar noch schwach,
Dann aber folgt's dem andern nach.
Er schnarcht sogar. Ich denke schon:
Wie wird es dir ergehn, mein Sohn?
So denk ich, doch im Augenblick,
Als ich es dachte, geht es klick!
Der Stein fiel Hänschen auf die Zeh,
Das weckt ihn auf, er schreit auweh!
Er schaut sich um, hat mich gewittert,
Pfeift, daß es Mark und Bein erschüttert,
Und allsogleich im Winkelflug
Entschwebt der ganze Heereszug

    Ich rief hurrah! und schwang den Hut.
Der Vogel der gefiel mir gut.
Er lebt auch noch. Schon oft seither
Sah man ihn fern am schwarzen Meer
Auf einem Bein auf Posten stehn.

Dies schreibt mein Freund, der Kapitän,
Und was er sagt, ist ohne Frage
So wahr, als was ich selber sage.

━━━━━

Auf leichten Schwingen frei und flink
Zum Lindenwipfel flog der Fink
Und sang an dieser hohen Stelle
Sein Morgenlied so glockenhelle.
    Ein Frosch, ein dicker, der im Grase
Am Boden hockt, erhob die Nase,
Strich selbstgefällig seinen Bauch
Und denkt: Die Künste kann ich auch.
    Alsbald am rauhen Stamm der Linde
Begann er, wenn auch nicht geschwinde,
Doch mit Erfolg, empor zu steigen,
Bis er zuletzt von Zweig zu Zweigen,
Wobei er freilich etwas keucht,
Den höchsten Wipfelpunkt erreicht
Und hier sein allerschönstes Quacken
Ertönen läßt aus vollen Backen.
    Der Fink, dem dieser Wettgesang
Nicht recht gefällt, entfloh und schwang
Sich auf das steile Kirchendach.
    Wart, rief der Frosch, ich komme nach.
Und richtig ist er fortgeflogen,
Das heißt, nach unten hin im Bogen,
So daß er schnell und ohne Säumen
Nach mehr als zwanzig Purzelbäumen,
Zur Erde kam mit lautem Quack,

Nicht ohne großes Unbehagen.
    Er fiel zum Glück auf seinen Magen,
Den dicken weichen Futtersack,
Sonst hätt er sicher sich verletzt.
    Heil ihm! Er hat es durchgesetzt.

———

Geld gehört zum Ehestande,
Hässlichkeit ist keine Schande,
    Liebe ist beinah absurd.
Drum, du nimmst den Junker Jochen
Innerhalb der nächsten Wochen.
    Also sprach der Ritter Kurt.

Vater, flehte Kunigunde.
Schone meine Herzenswunde,
    Ganz umsonst ist dein Bemühn.
Ja, ich schwör's bei Erd und Himmel,
Niemals nehm ich diesen Lümmel,
    Ewig, ewig hass ich ihn.

Nun, wenn Worte nicht mehr nützen,
Dann so bleibe ewig sitzen,
    Marsch mit dir in's Burgverließ.
Zornig sagte dies der Alte,
Als er in die feuchte kalte
    Kammer sie hinunterstieß.

Jahre kamen, Jahre schwanden,
Nichts im Schlosse blieb vorhanden

Außer Kunigundens Geist.
Dort, wo graue Ratten rasseln,
Sitzt sie zwischen Kellerasseln,
   Von dem Feuermolch umkreist.

Heut noch ist es nicht geheuer
In dem alten Burggemäuer
   Um die Mitternacht herum.
Wehe, ruft ein weißes Wesen,
Will denn Niemand mich erlösen?
   Doch die Wände bleiben stumm.

———

Sei es freundlich, sei es böse,
   Meist genügend klar und scharf
Klingt des Mundes Wortgetöse
   Für den täglichen Bedarf.

Doch die Höchstgefühle heischen
   Ihren ganz besondern Klang;
Dann sagt grunzen oder kreischen
   Mehr als Rede und Gesang.

———

Wie hat sich sonst so schön der Hahn
   Auf unserm Thurm gedreht
Und damit Jedem kund gethan,
   Woher der Wind geweht.

Doch seit dem letzten Sturme hat
   Er keinen rechten Lauf;
Er hängt so schief, er ist so matt,
   Und Keiner schaut mehr drauf.

Jetzt leckt man an den Finger halt
   Und hält ihn hoch geschwind.
Die Seite, wo der Finger kalt,
   Von daher weht der Wind.

Er liebte sie in aller Stille.
   Bescheiden, schüchtern und von fern
Schielt er nach ihr durch seine Brille
   Und hat sie doch so schrecklich gern.

Ein Mücklein, welches an der Nase
   Des schönen Kindes saugend saß,
Ertränkte sich in seinem Glase.
   Es schmeckt ihm fast wie Ananas.

Sie hatte Haare, wie 'ne Puppe,
   So unvergleichlich blond und kraus.
Einst fand er eines in der Suppe
   Und zog es hochbeglückt heraus.

Er rollt es auf zu einem Löckchen,
   Hat's in ein Medaillon gelegt.
Nun hängt es unter seinem Röckchen

Da, wo sein treues Herze schlägt.

———

Ein eigner Kerl war Krischan Bolte.
Er that nicht gerne, was er sollte.
Als Kind schon ist er so gewesen.
Religion, Rechtschreiben und Lesen
Fielen für ihn nicht ins Gewicht:
    Er sollte zur Schule und wollte nicht.
Später kam er zu Meister Pfriem.
Der zeigte ihm redlich und sagte ihm,
Jedoch umsonst, was seine Pflicht:
    Er sollte schustern und wollte nicht.
Er wollte sich nun mal nicht quälen,
Deßhalb verfiel er auf das Stehlen.
Man fasst ihn, stellt ihn vor Gericht:
    Er sollte bekennen und wollte nicht.
Trotzdem verdammt man ihn zum Tode.
Er aber blieb, nach seiner Mode,
Ein widerspänstiger Bösewicht:
    Er sollte hängen und wollte nicht.

---

Durch das Feld ging die Familie,
    Als mit glückbegabter Hand
Sanft erröthend Frau Ottilie
    Eine Doppelähre fand.

Was die alte Sage kündet,
    Hat sich öfter schon bewährt:
Dem, der solche Ähren findet,
    Wird ein Doppelglück beschert.

Vater Franz blickt scheu zur Seite.
Zwei zu fünf, das wäre viel.
Kinder, sprach er, aber heute
Ist es ungewöhnlich schwül.

———

Suche nicht apart zu scheinen,
Wandle auf betretnen Wegen.
Meinst du, was die andern meinen,
Kommt man freundlich dir entgegen.

Mancher, auf dem Seitensteige,
Hat sich im Gebüsch verloren,
Und da schlugen ihm die Zweige
Links und rechts um seine Ohren.

———

Es hat einmal, so wird gesagt,
Der Löwe mit dem Wolf gejagt.
Da haben sie vereint erlegt
Ein Wildschwein stark und gut gepflegt.
Doch als es an's Vertheilen ging,
Dünkt das dem Wolf ein misslich Ding.
Der Löwe sprach: Was grübelst du?
Glaubst du, es geht nicht redlich zu?
Dort kommt der Fuchs, er mag entscheiden,
Was jedem zukommt von uns beiden.
Gut, sagt der Wolf, dem solch ein Freund

Als Richter gar nicht übel scheint.

Der Löwe winkt dem Fuchs sogleich:
Herr Doctor, das ist was für Euch.
Hier dieses jüngst erlegte Schwein,
Bedenkt es wohl, ist mein und sein.
Ich fasst es vorn, er griff es hinten;
Jetzt theilt es uns, doch ohne Finten.

Der Fuchs war ein Jurist von Fach.
Sehr einfach, spricht er, liegt die Sach.
Das Vordertheil, ob viel ob wenig,
Erhält mit Fug und Recht der König.
Dir aber, Vetter Isegrimm,
Gebührt das Hintertheil. Da nimm!

Bei diesem Wort trennt er genau
Das Schwänzlein hinten von der Sau.
Indess der Wolf verschmäht die Beute.
Verneigt sich kurz und geht beiseite.

Fuchs, sprach der Löwe, bleibt bei mir.
Von heut an seid Ihr Großvezier.

———

Mein Sohn, hast du allhier auf Erden
Dir vorgenommen, was zu werden,
    Sei nicht zu keck;
Und denkst du, sei ein stiller Denker.
Nicht leicht befördert wird der Stänker.
Mit Demuth salbe deinen Rücken,
Voll Ehrfurcht hast du dich zu bücken,
Mußt heucheln, schmeicheln, mußt dich fügen,
Denn selbstverständlich nur durch Lügen

Kommst du vom Fleck.
Oh, thu's mit Eifer, thu's geduldig,
Bedenk, was du dir selber schuldig.
Das Gönnerherz wird sich erweichen,
Und wohl verdient wirst du erreichen
    Den guten Zweck.

Wie standen ehedem die Sachen
    So neckisch da in ihrem Raum,
Schwer war's, ein Bild davon zu machen,
    Und selbst der Beste konnt es kaum.

Jetzt, ohne sich zu überhasten,
    Stellt man die Guckmaschine fest
Und zieht die Bilder aus dem Kasten,
    Wie junge Spatzen aus dem Nest.

Er saß beim Frühstück äußerst grämlich,
Da sprach ein Krümchen Brot vernehmlich:
    Aha, so ist es mit dem Orden
Für diesmal wieder nichts geworden.
Ja Freund, wer seinen Blick erweitert
Und schaut nach hinten und nach vorn,
Der preist den Kummer, denn er läutert.
Ich selber war ein Weizenkorn.
Mit vielen, die mir anverwandt,

Lag ich im rauhen Ackerland.
Bedrückt von einem Erdenkloß,
Macht ich mich muthig strebend los.
Gleich kam ein alter Has gehupft
Und hat mich an der Nas gezupft,
Und als es Winter ward, verfror,
Was peinlich ist, mein linkes Ohr,
Und als ich reif mit meiner Sippe,
O weh, da hat mit seiner Hippe
Der Hans uns rutschweg abgesäbelt,
Und zum Ersticken festgeknebelt
Und auf die Tenne fortgeschafft,
Wo ihrer vier mit voller Kraft
In regelrechtem Flegeltakte
Uns klopften, daß die Schwarte knackte.
Ein Esel trug uns nach der Mühle.
Ich sage dir, das sind Gefühle,
Wenn man, zerrieben und gedrillt
Zum allerfeinsten Staubgebild,
Sich kaum besinnt und fast vergisst,
Ob Sonntag oder Montag ist.
Und schließlich schob der Bäckermeister,
Nachdem wir erst als zäher Kleister
In seinem Troge baß gehudelt,
Vermengt, geknetet und vernudelt,
Uns in des Ofens höchste Gluth.
Jetzt sind wir Brot. Ist das nicht gut?
Frischauf, du hast genug, mein Lieber,
Greif zu und schneide nicht zu knapp
Und streiche tüchtig Butter drüber
Und gieb den Andern auch was ab.

Man ist ja von Natur kein Engel,
  Vielmehr ein Welt- und Menschenkind,
Und rings umher ist ein Gedrängel
  Von Solchen, die dasselbe sind.

In diesem Reich geborner Flegel,
  Wer könnte sich des Lebens freun,
Würd es versäumt, schon früh die Regel
  Der Rücksicht kräftig einzubläun.

Es saust der Stock, es schwirrt die Ruthe.
  Du darfst nicht zeigen, was du bist.
Wie schad, o Mensch, daß dir das Gute
  Im Grunde so zuwider ist.

━━━

Der Stoffel wankte frohbewegt
  Spät in der Nacht nach Haus.
Da ging, wie das zu kommen pflegt,
  Ihm seine Pfeife aus.

Wer raucht, der raucht nicht gerne kalt.
  Wie freut sich Stoffel da,
Als er ganz dicht vor sich im Wald
  Ein Kohlenfeuer sah.

Die Kohlen glühn in einem Topf.
  Der frohe Stoffel drückt
Gleich eine in den Pfeifenkopf

Und zieht als wie verrückt.

Wohl sieht er, wie die Kohle glüht,
  Nur daß sie gar nicht brennt.
Da überläuft es sein Gemüth,
  Er flucht Potzzapperment.

Das Wort war hier nicht recht am Platz.
  Es folgt ein Donnerschlag.
Versunken ist der Zauberschatz
  Bis an den jüngsten Tag.

Die Pfeife fällt vor Schreck und Graus
  Auf einen harten Stein.
Ein Golddukaten rollt heraus
  Blitzblank im Mondenschein.

Von nun an, denkt der Stoffel schlau,
  Schweig ich am rechten Ort.
Er kehrte heim zu seiner Frau
  Und sprach kein einzig Wort.


———


Wie dunkel ist der Lebenspfad,
  Den wir zu wandeln pflegen.
Wie gut ist da ein Apparat
  Zum Denken und Erwägen.

Der Menschenkopf ist voller List
  Und voll der schönsten Kniffe;

Er weiß, wo was zu kriegen ist
   Und lehrt die rechten Griffe.

Und weil er sich so nützlich macht,
   Behält ihn jeder gerne.
Wer stehlen will, und zwar bei Nacht,
   Braucht eine Diebslaterne.

---

Unter all den hübschen Dingen
   In der warmen Sommerzeit
Ist ein Corps von Schmetterlingen
   Recht ergötzlich insoweit.

Bist du dann zu deinem Wohle
   In den Garten hinspaziert,
Siehst du über deinem Kohle
   Muntre Tänze aufgeführt.

Weiß gekleidet und behende
   Flattert die vergnügte Schar,
Bis daß Lieb und Lust zu Ende
   Wieder mal für dieses Jahr.

Zum getreuen Angedenken,
   Auf den Blättern kreuz und quer,
Lassen sie zurück und schenken
   Dir ein schönes Raupenheer.

Leidest du, daß diese Sippe

Weiter frisst, wie sie begehrt,
Kriegst du, nebst dem Blattgerippe,
Nur noch Proben ohne Werth.

Also ist es zu empfehlen,
Lieber Freund, daß du dich bückst
Und sehr viele Raupenseelen,
Pitsch, aus ihren Häuten drückst.

Denn nur der ist wirklich weise,
Der auch in die Zukunft schaut.
Denk an deine Lieblingsspeise:
Schweinekopf mit Sauerkraut.

⊢───┤

Fing man vorzeiten einen Dieb,
Hing man ihn auf mit Schnellbetrieb,
Und meinte man, er sei verschieden,
Ging man nachhaus und war zufrieden.
Ein Wandrer von der weichen Sorte
Kam einst zu solchem Galgenorte
Und sah, daß oben Einer hängt,
Dem kürzlich man den Hals verlängt.
Sogleich, als er ihn baumeln sieht,
Zerfließt in Thränen sein Gemüth.
Ich will den armen Schelm begraben,
Denkt er, sonst fressen ihn die Raben.
Nicht ohne Müh, doch mit Geschick,
Klimmt er hinauf und löst den Strick;
Und Jener, der im Wind geschwebt,

Liegt unten, scheinbar unbelebt.

Siehda, nach Änderung der Lage
Tritt neu die Lebenskraft zutage,
So daß der gute Delinquent
Die Welt ganz deutlich wiederkennt.

Zärtlich, als wär's der eigne Vetter,
Umarmt er seinen Lebensretter,
Nicht ein Mal, sondern noch ein Mal,
Vor Freude nach so großer Qual.

Mein lieber Mitmensch, sprach der Wandrer,
Geh in dich, sei hinfür ein Andrer.
Zum Anfang für dein neues Leben
Werd ich dir jetzt zwei Gulden geben.

Das Geben that ihm immer wohl.
Rasch griff er in sein Kamisol,
Wo er zur langen Pilgerfahrt
Den vollen Säckel aufbewahrt.
Er sucht und sucht und fand ihn nicht,
Und länger wurde sein Gesicht.
Er sucht und suchte, wie ein Narr,
Weit wird der Mund, das Auge starr,
Bald ist ihm heiß, bald ist ihm kalt.

Der Dieb verschwand im Tannenwald.

Die Tugend will nicht immer passen,
Im ganzen läßt sie etwas kalt,
Und daß man eine unterlassen,
Vergißt man bald.

Doch schmerzlich denkt manch alter Knaster,
  Der von vergangnen Zeiten träumt,
An die Gelegenheit zum Laster,
  Die er versäumt.

Ein Fuchs voll flüchtiger Moral
Und unbedenklich, wenn er stahl,
Schlich sich beinacht zum Hühnerstalle
Von einem namens Jochen Dralle,
Der, weil die Mühe ihn verdross,
Die Thür mal wieder nicht verschloss.
  Er hat sich, wie er immer pflegt,
So wie er war zubett gelegt.
Er schlief und schnarchte auch bereits.
  Frau Dralle, welche ihrerseits
Noch wachte, denn sie hat die Grippe,
Stieß Jochen an die kurze Rippe.
Du, rief sie flüsternd, hör doch bloß,
Im Hühnerstall da ist was los;
Das ist der Fuchs der alte Racker.
  Und schon ergriff sie kühn und wacker
Obgleich sie nur im Nachtgewand,
Den Besen, der am Ofen stand,
Indeß der Jochen leise flucht
Und erst mal Licht zu machen sucht.
  Sie ging voran, er hinterdrein.
Es pfeift der Wind, die Hühner schrein.
  Nur zu, mahnt Jochen, sei nur dreist
Und sag Bescheid, wenn er dich beißt.

Umsonst sucht sich der Dieb zu drücken
Vor Madam Dralles Geierblicken.
Sie schlägt ihm unaussprechlich schnelle
Zwei drei mal an derselben Stelle
Mit ihres Besens hartem Stiel
Aufs Nasenbein. Das war zuviel. —
Ein Jeder kriegt, ein Jeder nimmt
In dieser Welt, was ihm bestimmt.
Der Fuchs, nachdem der Balg herab,
Bekommt ein Armesündergrab.
Frau Dralle, weil sie leichtgesinnt
Sich ausgesetzt dem Winterwind
Zum Trotz der Selbsterhaltungspflicht,
Kriegt zu der Grippe noch die Gicht.
Doch Jochen kriegte hocherfreut
Infolge der Gelegenheit
Von Pelzwerk eine warme Kappe
Mit Vorder- und mit Hinterklappe.
Stets hieß es dann, wenn er sie trug:
Der ist es, der den Fuchs erschlug.

Ein gutes Thier
Ist das Klavier,
Still, friedlich und bescheiden,
Und muß dabei
Doch vielerlei
Erdulden und erleiden.

Der Virtuos

Stürzt darauf los
Mit hochgesträubter Mähne.
Er öffnet ihm
Voll Ungestüm
Den Leib, gleich der Hyäne.

Und rasend wild,
Das Herz erfüllt
Von mörderlicher Freude,
Durchwühlt er dann,
Soweit er kann,
Des Opfers Eingeweide.

Wie es da schrie,
Das arme Vieh,
Und unter Angstgewimmer
Bald hoch, bald tief
Um Hülfe rief,
Vergess ich nie und nimmer.

―――

Dich freut die warme Sonne.
Du lebst im Monat Mai.
In deiner Regentonne
Da rührt sich allerlei.

Viel kleine Thierlein steigen
Bald auf- bald niederwärts,
Und, was besonders eigen,
Sie atmen mit dem Sterz.

Noch sind sie ohne Tücken,
  Rein kindlich ist ihr Sinn.
Bald aber sind sie Mücken
  Und fliegen frei dahin.

Sie fliegen auf und nieder
  Im Abendsonnenglanz
Und singen feine Lieder
  Bei ihrem Hochzeitstanz.

Du gehst zu Bett um zehne,
  Du hast zu schlafen vor,
Dann hörst du jene Töne
  Ganz dicht an deinem Ohr.

Drückst du auch in die Kissen
  Dein werthes Angesicht,
Dich wird zu finden wissen
  Der Rüssel, welcher sticht.

Merkst du, daß er dich impfe,
  So reib mit Salmiak
Und dreh dich um und schimpfe
  Auf dieses Mückenpack.

─────

Es geht ja leider nur soso
Hier auf der Welt, sprach Salomo.
Dies war verzeihlich. Das Geschnatter

Von tausend Frauen, denn die hatt er,
Macht auch den Besten ungerecht.
  Uns aber geht es nicht so schlecht.
Wer, wie es Brauch in unsern Tagen,
Nur Eine hat, der soll nicht sagen
Und klagen, was doch mancher thut:
Ich bin für diese Welt zu gut.
  Selbst, wem es fehlt an dieser Einen,
Der braucht darob nicht gleich zu weinen
Und sich kopfüber zu ertränken.
Er hat, das mag er wohl bedenken,
Am Weltgebäude mitgezimmert
Und allerlei daran verschlimmert.
Und wenn er so in sich gegangen,
Gewissenhaft und unbefangen,
Dann kusch er sich und denke froh:
Gottlob, ich bin kein Salomo;
Die Welt, obgleich sie wunderlich,
Ist mehr als gut genug für mich.

━━━

Wer Bildung hat, der ist empört,
Wenn er so schrecklich fluchen hört.
  Dies »Nasowolltich«, dies »Parblö«,
Dies ewige »Ojemineh«,
Dies »Eipotztausendnocheinmal«,
Ist das nicht eine Ohrenqual?
Und gar »Daßdichdasmäusleinbeiß«,
Da wird mir's immer kalt und heiß.
  Wie oft wohl sag ich: Es ist häßlich,

Ist unanständig, roh und gräßlich.
Ich bitt und flehe: Lasst es sein,
Denn es ist sündlich. Aber nein,
Vergebens ring ich meine Hände,
Die Flucherei nimmt doch kein Ende.

Zwei Knaben, Fritz und Ferdinand,
Die gingen immer Hand in Hand,
Und selbst in einer Herzensfrage
Trat ihre Einigkeit zutage.
Sie liebten beide Nachbars Käthchen,
Ein blondgelocktes kleines Mädchen.
Einst sagte die verschmitzte Dirne:
Wer holt mir eine Sommerbirne,
Recht saftig, aber nicht zu klein?
Hernach soll er der Beste sein.
Der Fritz nahm seinen Freund beiseit
Und sprach: Das machen wir zu zweit;
Da drüben wohnt der alte Schramm,
Der hat den schönsten Birnenstamm;
Du steigst hinauf und schüttelst sacht,
Ich lese auf und gebe acht.
Gesagt gethan. Sie sind am Ziel.
Schon als die erste Birne fiel,
Macht Fritz damit sich aus dem Staube,
Denn eben schlich aus dunkler Laube,
In fester Faust ein spanisch Rohr,
Der aufmerksame Schramm hervor.
Auch Ferdinand sah ihn beizeiten

Und thät am Stamm herunter gleiten
In Ängstlichkeit und großer Hast,
Doch eh er unten Fuß gefasst,
Begrüßt ihn Schramm bereits mit Streichen,
Als wollt er einen Stein erweichen.
    Der Ferdinand, voll Schmerz und Hitze,
Entfloh und suchte seinen Fritze.
    Wie angewurzelt blieb er stehn.
Ach hätt er es doch nie gesehn:
    Die Käthe hat den Fritz geküsst,
Worauf sie eine Birne isst.
    Seit dies geschah, ist Ferdinand
Mit Fritz nicht mehr so gut bekannt.


Wem's in der Unterwelt zu still,
Wer oberhalb erscheinen will,
Der baut sich, je nach seiner Weise,
Ein sichtbarliches Wohngehäuse.
    Er ist ein blinder Architekt,
Der selbst nicht weiß, was er bezweckt.
Dennoch verfertigt er genau
Sich kunstvoll seinen Leibesbau,
Und sollte mal was dran passieren,
Kann er's verputzen und verschmieren,
Und ist er etwa gar ein solch
Geschicktes Thierlein, wie der Molch,
Dann ist ihm alles einerlei,
Und wär's ein Bein, er macht es neu.
    Nur schad, daß, was so froh begründet,

So traurig mit der Zeit verschwindet,
Wie schließlich jeder Bau hienieden,
Sogar die stolzen Pyramiden.

Es ist ein recht beliebter Bau.
    Wer wollte ihn nicht loben?
Drin wohnt ein Mann mit seiner Frau,
    Sie unten und er oben.

Er, als ein schlaugewiegter Mann,
    Hält viel auf weise Lehren,
Sie, ungestüm und drauf und dran,
    Thut das, was ihr Begehren.

Sie läßt ihn reden und begeht,
    Blind, wie sie ist, viel Wüstes,
Und bringt sie das in Schwulität,
    Na, sagt er kühl, da siehst es.

Vereinen sich jedoch die zwei
    Zu traulichem Verbande,
Dann kommt die schönste Lumperei
    Hübsch regelrecht zustande.

So geht's in diesem Hause her.
    Man möchte fast erschrecken.
Auch ist's beweglich, aber mehr
    Noch als das Haus der Schnecken.

In einem Häuschen, sozusagen —
(Den ersten Stock bewohnt der Magen)
In einem Häuschen war's nicht richtig.
Darinnen spukt und tobte tüchtig
Ein Kobold, wie ein wildes Bübchen,
Vom Keller bis zum Oberstübchen.
Fürwahr, es war ein bös Getös.
Der Hausherr wird zuletzt nervös,
Und als ein desperater Mann
Steckt er kurzweg sein Häuschen an
Und baut ein Haus sich anderswo
Und meint, da ging es ihm nicht so.
Allein, da sieht er sich betrogen.
Der Kobold ist mit umgezogen
Und macht Spektakel und Rumor
Viel ärger noch, als wie zuvor.
Ha, rief der Mann, wer bist du, sprich.
Der Kobold lacht: Ich bin dein Ich.

Zu Olims Zeit, auf der Oase,
  Am Quell, wo schlanke Palmen stehen,
Saß einst das Väterchen im Grase
  Und hatte allerlei Ideeen.

Gern sprach davon der Hochverehrte
  Zu seinen Söhnen, seinen Töchtern,
Und das Gelehrte, oft Gehörte

Ging von Geschlechte zu Geschlechtern.

Auch wir, in mancher Abendstunde,
  Wenn treue Liebe uns bewachte,
Vernahmen froh die gute Kunde
  Von dem, was Väterchen erdachte.

Und sicher klingt das früh Gewusste
  So lang in wohlgeneigte Ohren,
Bis auf der kalten Erdenkruste
  Das letzte Menschenherz erfroren.

———

Gehorchen wird jeder mit Genuss
  Den Frauen, den hochgeschätzten,
Hingegen machen uns meist Verdruss
  Die sonstigen Vorgesetzten.

Nur wenn ein kleines Missgeschick
  Betrifft den Treiber und Leiter,
Dann fühlt man für den Augenblick
  Sich sehr befriedigt und heiter.

Als neulich am Sonntag der Herr Pastor
  Eine peinliche Pause machte,
Weil er den Faden der Rede verlor,
  Da duckt sich der Küster und lachte.

———

Abends, wenn die Heimchen singen,
    Wenn die Lampe düster schwehlt,
Hör ich gern von Spukedingen,
    Was die Tante mir erzählt.

Wie es klopfte in den Wänden,
    Wie der alte Schrank geknackt,
Wie es einst mit kalten Händen
    Mutter Urschel angepackt,

Wie man oft ein leises Jammern
    Grad um Mitternacht gehört,
Oben in den Bodenkammern,
    Scheint mir höchst bemerkenswerth.

Doch erzählt sie gar das Märchen
    Von dem Geiste ohne Kopf,
Dann erhebt sich jedes Härchen
    Schaudervoll in meinem Schopf.

Und ich kann es nicht verneinen,
    Daß es böse Geister giebt,
Denn ich habe selber einen,
    Der schon manchen Streich verübt.

———

Frau Welt, was ist das nur mit euch?
    Herr Walter sprach's, der alte.
Ihr werdet grau und faltenreich

Und traurig von Gestalte.

Frau Welt darauf erwidert schnippsch:
   Mein Herr, seid lieber stille.
Ihr scheint mir auch nicht mehr so hübsch
   Mit eurer schwarzen Brille.

Lache nicht, wenn mit den Jahren
  Lieb und Freundlichkeit vergehen,
Was Paulinchen ist geschehen,
  Kann auch dir mal widerfahren.

Sieh nur, wie verändert hat sich
  Unser guter Küchenbesen.
Er, der sonst so weich gewesen,
  Ist jetzunder stumpf und kratzig.


Hans, der soeben in der Stadt
Sein fettes Schwein verwerthet hat,
Ging spät nachhaus bei Mondenschein.
Ein Fremder folgt und holt ihn ein.
  Grüßgott, rief Hans, das trifft sich gut,
Zuzweit verdoppelt sich der Muth.
  Der Fremde denkt: Ha zapperlot,
Der Kerl hat Geld, ich schlag ihn todt,
Nur nicht von vorn, daß er es sieht,
Dagegen sträubt sich mein Gemüth.
  Und weiter gehn sie allgemach,
Der Hans zuvor, der Fremde nach.
  Jetzt, denkt sich dieser, mach ich's ab,
Er hob bereits den Knotenstab.
  Was gilt die Butter denn bei euch?
Fragt Hans und dreht sich um zugleich.
  Der Fremde schweigt, der Fremde stutzt,
Der Knittel senkt sich unbenutzt.
  Und weiter gehn sie allgemach,

Der eine vor, der andre nach.

Hier, wo die dunklen Tannen stehn,
Hier, denkt der Fremde, soll's geschehn.

Spielt man auch Skat bei euch zuland?
Fragt Hans und hat sich umgewandt.

Der Fremde nickt und steht verdutzt,
Der Knittel senkt sich unbenutzt.

Und weiter gehn sie allgemach,
Der eine vor, der andre nach.

Hier, denkt der Fremde, wo das Moor,
Hier hau ich fest ihm hinter's Ohr.

Und wieder dreht der Hans sich um.
Prost, rief er fröhlich, mögt ihr Rum?
Und zog ein Fläschlein aus dem Rock.

Der Fremde senkt den Knotenstock,
Thät einen Zug, der war nicht schwach,
Und weiter gehn sie allgemach.

Schon sind sie aus dem Wald heraus,
Und schau, da steht das erste Haus.
Es kräht der Hahn, es bellt der Spitz.

Dies rief der Hans, ist mein Besitz.
Tritt ein du ehrlicher Gesell
Und nimm den Dank für dein Geleit.

Doch der Gesell entfernt sich schnell,
Vermuthlich aus Bescheidenheit.

———

Ein weißes Kätzchen voller Schliche,
Ging heimlich, weil es gerne schleckt,
Des abends in die Nachbarküche.

Wo man es leider bald entdeckt.

Mit Besen und mit Feuerzangen
    Gejagt in alle Ecken ward's.
Es fuhr zuletzt voll Todesbangen
    Zum Schlot hinaus und wurde schwarz.

Ja, siehst du wohl, mein liebes Herze?
    Wer schlecken will, was ihm gefällt,
Der kommt nicht ohne Schmutz und Schwärze
    Hinaus aus dieser bösen Welt.

⊢══⊣

Es wächst wohl auf der Haide
    Und in des Waldes Raum
Ein Baum zu Nutz und Freude,
    Genannt der Birkenbaum.

Die Schuh, daraus geschnitzet,
    Sind freundlich von Gestalt.
Wohl dem, der sie besitzet,
    Ihm wird der Fuß nicht kalt.

Es ist die weiße Rinde
    Zu Tabaksdosen gut,
Als theures Angebinde
    Für den, der schnupfen thut.

Man zapfet aus der Birke
    Sehr angenehmen Wein,

Man reibt sich, daß es wirke,
   Die Glatze damit ein.

Dem Birkenreiserbesen
   Gebühret Preis und Ehr;
Das stärkste Kehrichtwesen
   Das treibt er vor sich her.

Von Birken eine Ruthe,
   Gebraucht am rechten Ort,
Befördert oft das Gute
   Mehr, als das beste Wort.

Und kommt das Fest der Pfingsten,
   Dann schmückt mir fein das Haus,
Ihr, meine liebsten Jüngsten,
   Mit Birkenzweigen aus.

---

Der Ruhm, wie alle Schwindelware,
Hält selten über tausend Jahre.
Zumeist vergeht schon etwas ehr
Die Haltbarkeit und die Kulör.
   Ein Schmetterling voll Eleganz,
Genannt der Ritter Schwalbenschwanz,
Ein Exemplar von erster Güte,
Begrüßte jede Doldenblüthe
Und holte hier und holte da
Sich Nektar und Ambrosia.
   Mitunter macht er sich auch breit

In seiner ganzen Herrlichkeit
Und zeigt den Leuten seine Orden
Und ist mit recht berühmt geworden.

Die jungen Mädchen fanden dies
Entzückend, goldig, reizend, süß.

Vergeblich schwenkten ihre Mützen
Die Knaben, um ihn zu besitzen.

Sogar der Spatz hat zugeschnappt
Und hätt ihn um ein Haar gehabt.

Jetzt aber naht sich ein Student,
Der seine Winkelzüge kennt.

In einem Netz mit engen Maschen
Thät er den Flüchtigen erhaschen,
Und da derselbe ohne Tadel,
Spießt er ihn auf die heiße Nadel.

So kam er unter Glas und Rahmen
Mit Datum, Jahreszahl und Namen
Und bleibt berühmt und unvergessen,
Bis ihn zuletzt die Motten fressen.

Man möchte weinen, wenn man sieht,
Daß dies das Ende von dem Lied.

Der schöne Sommer ging von hinnen,
  Der Herbst, der reiche zog in's Land.
Nun weben all die guten Spinnen
  So manches feine Festgewand.

Sie weben zu des Tages Feier
  Mit kunstgeübtem Hinterbein

Ganz allerliebste Elfenschleier
Als Schmuck für Wiese, Flur und Hain.

Ja, tausend Silberfäden geben
Dem Winde sie zum leichten Spiel,
Die ziehen sanft dahin und schweben
An's unbewusst bestimmte Ziel.

Sie ziehen in das Wunderländchen,
Wo Liebe scheu im Anbeginn,
Und leis verknüpft ein zartes Bändchen
Den Schäfer mit der Schäferin.

---

Habt ihr denn wirklich keinen Schimmer
Von Angst, daß ihr noch ruhig schlaft?
Wird denn in dieser Welt nicht immer
Das Leben mit dem Tod bestraft?

Ihr lebt vergnügt trotz dem Verhängniß,
Das näher stets und näher zieht.
So stiehlt der Dieb, dem das Gefängniß
Und später gar der Galgen blüht.

Hör auf, entgegnet frech die Jugend,
Du altes Jammerinstrument.
Man merkt es gleich: du bist die Tugend,
Die Keinem sein Vergnügen gönnt.

---

Ein Philosoph von ernster Art
Der sprach und strich sich seinen Bart:
   Ich lache nie. Ich lieb es nicht,
Mein ehrenwerthes Angesicht
Durch Zähnefletschen zu entstellen
Und närrisch wie ein Hund zu bellen;
Ich lieb es nicht durch ein Gemecker
Zu zeigen, daß ich Witzentdecker;
Ich brauche nicht durch Werthvergleichen
Mit Andern mich herauszustreichen,
Um zu ermessen, was ich bin,
Denn dieses weiß ich ohnehin.
   Das Lachen will ich überlassen
Den minder hochbegabten Klassen.
   Ist einer ohne Selbstvertraun
In Gegenwart von schönen Fraun,
So daß sie ihn als faden Gecken
Abfahren lassen oder necken,
Und fühlt er drob geheimen Groll
Und weiß nicht, was er sagen soll,
Dann schwebt mit Recht auf seinen Zügen
Ein unaussprechliches Vergnügen.
   Und hat er Kursverlust erlitten,
Ist er moralisch ausgeglitten,
So giebt es Leute, die doch immer
Noch dümmer sind als er und schlimmer.
Und hat er etwa krumme Beine,
So giebt's noch krümmere als seine.
Er tröstet sich und lacht darüber
Und denkt: Da bin ich mir doch lieber.
   Den Teufel lass ich aus dem Spiele.
Auch sonst noch lachen ihrer Viele,

Besonders jene ewig Heitern,
Die unbewusst den Mund erweitern.
Die so zu sagen, auserkoren
Zum Lachen bis an beide Ohren.
   Sie freuen sich mit Weib und Kind
Schon bloß, weil sie vorhanden sind.
   Ich dahingegen, der ich sitze
Auf der Betrachtung höchster Spitze,
Weit über allem Was und Wie,
Ich bin für mich und lache nie.

———

Was er liebt, ist Keinem fraglich;
Triumphirend und behaglich
    Nimmt es seine Seele ein
    Und befiehlt: So soll es sein.

Suche nie, wo dies geschehen,
Widersprechend vorzugehen,
    Sintemalen im Gemüth
    Schon die höchste Macht entschied.

Ungestört in ihren Lauben
Lass die Liebe, lass den Glauben,
    Der, wenn man es recht ermisst,
    Auch nur lauter Liebe ist.

———

Du liebes Plappermäulchen,
Bedenk dich erst ein Weilchen,
  Und sprich nicht so geschwind.
Du bist wie unsre Mühle
Mit ihrem Flügelspiele
  Im frischen Sausewind.

So lang der Müller thätig
Und schüttet auf was nöthig,
  Geht alles richtig zu;
Doch ist kein Korn darinnen,
Dann kommt das Werk von Sinnen,
  Und klappert so wie du.


Des morgens früh, sobald ich mir
  Mein Pfeifchen angezündet,
Geh ich hinaus zur Hinterthür,
  Die in den Garten mündet.

Besonders gern betracht ich dann
  Die Rosen, die so niedlich;
Die Blattlaus sitzt und saugt daran
  So grün, so still, so friedlich.

Und doch wird sie, so still sie ist,
  Der Grausamkeit zur Beute;
Der Schwebefliegen Larve frißt
  Sie auf bis auf die Häute.

Schluppwespchen flink und klimperklein,
 So sehr die Laus sich sträube,
Sie legen doch ihr Ei hinein
 Noch bei lebendgem Leibe.

Sie aber sorgt nicht nur mit Fleiß
 Durch Eier für Vermehrung;
Sie kriegt auch Junge hundertweis
 Als weitere Bescherung.

Sie nährt sich an dem jungen Schaft
 Der Rosen, eh sie welken;
Ameisen kommen, ihr den Saft
 Sanft streichelnd abzumelken.

So seh ich in Betriebsamkeit
 Das hübsche Ungeziefer
Und rauche während dieser Zeit
 Mein Pfeifchen tief und tiefer.

Daß keine Rose ohne Dorn,
 Bringt mich nicht aus dem Häuschen.
Auch sag ich ohne jeden Zorn:
 Kein Röslein ohne Läuschen!

⊢——⊣

Stoffel hackte mit dem Beile.
 Dabei that er sich sehr wehe,
Denn er traf in aller Eile
 Ganz genau die große Zehe.

Ohne jedes Schmerzgewimmer,
    Nur mit Ruh, mit einer festen,
Sprach er: Ja, ich sag es immer,
    Nebenzu trifft man am besten.

———

Die Mutter plagte ein Gedanke.
Sie kramt im alten Kleiderschranke,
Wo Kurz und Lang, obschon gedrängt,
Doch friedlich, bei einander hängt.
    Auf einmal ruft sie: Ei sieh da,
Der Schwalbenschwanz, da ist er ja!
    Den blauen, längst nicht mehr benützten,
Den hinten zwiefach zugespitzten,
Mit blanken Knöpfen schön geschmückt,
Der einst so manches Herz berückt,
Ihn trägt sie klug und überlegt
Dahin, wo sie zu schneidern pflegt,
Und trennt und wendet, näht und misst,
Bis daß das Werk vollendet ist.
    Auf die Art aus des Vaters Fracke
Kriegt Fritzchen eine neue Jacke.
    Grad so behilft sich der Poet.
Du liebe Zeit, was soll er machen?
Gebraucht sind die Gedankensachen
Schon alle, seit die Welt besteht.

———

Als ich in Jugendtagen
　Noch ohne Grübelei,
Da meint ich mit Behagen,
　Mein Denken wäre frei.

Seitdem hab ich die Stirne
　Oft auf die Hand gestützt
Und fand, daß im Gehirne
　Ein harter Knoten sitzt.

Mein Stolz der wurde kleiner.
　Ich merkte mit Verdruss:
Es kann doch Unsereiner
　Nur denken, wie er muss.

Im Hochgebirg vor seiner Höhle
Saß der Asket;
Nur noch ein Rest von Leib und Seele
Infolge äußerster Diät.
　Demüthig ihm zu Füßen kniet
Ein Jüngling, der sich längst bemüht,
Des strengen Büßers strenge Lehren
Nachdenklich prüfend anzuhören.
　Grad schließt der Klausner den Sermon
Und spricht: Bekehre dich, mein Sohn.
Verlass das böse Weltgetriebe.
Vor allem unterlass die Liebe,
Denn grade sie erweckt auf's Neue

Das Leben und mit ihm die Reue.
Da schau mich an. Ich bin so leicht,
Fast hab ich schon das Nichts erreicht,
Und bald verschwind ich in das reine
Zeit- raum- und traumlos Allundeine.
   Als so der Meister in Ekstase,
Sticht ihn ein Bienchen in die Nase.
   Oh, welch ein Schrei!
Und dann das Mienenspiel dabei.
   Der Jüngling stutzt und ruft: Was seh ich?
Wer solchermaßen leidensfähig,
Wer so gefühlvoll und empfindlich,
Der, fürcht ich, lebt noch viel zu gründlich
Und stirbt noch nicht zum letzten Mal.
   Mit diesem kühlen Wort empfahl
Der Jüngling sich und stieg hernieder
Ins tiefe Thal und kam nicht wieder.


———


Nachbar Nickel ist verdrießlich,
   Und er darf sich wohl beklagen,
Weil ihm seine Pläne schließlich
   Alle gänzlich fehl geschlagen.

Unsre Ziege starb heut Morgen.
   Geh und sag's ihm, lieber Knabe!
Daß er nach so vielen Sorgen
   Auch mal eine Freude habe.


———

Er war nicht unbegabt. Die Geisteskräfte
Genügten für die laufenden Geschäfte.
Nur hatt er die Marotte,
Er sei der Papst. Dies sagt er oft und gern,
Für jedermann zum Ärgerniss und Spotte,
Bis sie zuletzt ins Narrenhaus ihn sperrn.

Ein guter Freund, der ihn daselbst besuchte,
Fand ihn höchst aufgeregt. Er fluchte:
Zum Kuckuck, das ist doch zu dumm.
Ich soll ein Narr sein und weiß nicht warum.

Ja, sprach der Freund, so sind die Leute.
Man hat an einem Papst genug.
Du bist der zweite.
Das eben kann man nicht vertragen.
Hör zu, ich will dir mal was sagen:
Wer schweigt, ist klug.

Der Narr verstummt, als ob er überlege.
Der gute Freund ging leise seiner Wege.

Und schau, nach vierzehn Tagen grade
Da traf er ihn schon auf der Promenade.

Ei, rief der Freund, wo kommst du her?
Bist du denn jetzt der Papst nicht mehr?

Freund, sprach der Narr und lächelt schlau,
Du scheinst zur Neugier sehr geneigt.
Das, was wir sind, weiß ich genau.
Wir alle haben unsern Sparren,
Doch sagen thun es nur die Narren.
Der Weise schweigt.

Als Kind von angenehmen Zügen
   War Röschen ein gar lustig Ding.
Gern zupfte sie das Bein der Fliegen,
   Die sie geschickt mit Spucke fing.

Sie wuchs, und größere Objekte
   Lockt sie von nun an in ihr Garn,
Nicht nur die jungen, nein, sie neckte
   Und rupft auch manchen alten Narrn.

Inzwischen that in stillem Walten
   Die Zeit getreulich ihre Pflicht.
Durch wundersame Bügelfalten
   Verziert sie Röschens Angesicht.

Und locker wurden Röschens Zähne.
   Kein Freier stellte sich mehr ein.
Und schließlich kriegt sie gar Migräne,
   Und die pflegt dauerhaft zu sein.

Dies führte sie zum Aberglauben,
   Obwohl sie sonst nicht gläubig schien.
Sie meinte fest, daß Turteltauben
   Den Schmerz der Menschen an sich ziehn.

Zwei Stück davon hat sie im Bauer,
   Ein Pärchen, welches zärtlich girrt;
Jetzt liegt sie täglich auf der Lauer,
   Ob ihnen noch nicht übel wird.

Ein Dornstrauch stand im Wiesenthal,
An einer Stiege, welche schmal,
Und ging vorüber irgend wer,
Den griff er an und kratzte er.
 Ein Lämmlein kam daher gehupft.
Das hat er ebenfalls gerupft.
 Es sieht ihn traurig an und spricht:
Du brauchst doch meine Wolle nicht,
Und niemals that ich dir ein Leid.
Weßhalb zerrupfst du denn mein Kleid?
Es thut mir weh und ist auch schad.
 Ei, rief der Freche, darum grad.

---

Miezel, eine schlaue Katze,
 Molly, ein begabter Hund,
Wohnhaft an demselben Platze,
 Hassten sich aus Herzensgrund.

Schon der Ausdruck ihrer Mienen,
 Bei gesträubter Haarfrisur,
Zeigt es deutlich: Zwischen ihnen
 Ist von Liebe keine Spur.

Doch wenn Miezel in dem Baume,
 Wo sie meistens hin entwich,
Friedlich dasitzt, wie im Traume,
 Dann ist Molly außer sich.

Beide lebten in der Scheune,
  Die gefüllt mit frischem Heu.
Alle beide hatten Kleine,
  Molly zwei und Miezel drei.

Einst zur Jagd ging Miezel wieder
  Auf das Feld. Da geht es bumm.
Der Herr Förster schoß sie nieder.
  Ihre Lebenszeit ist um.

Oh, wie jämmerlich miauen
  Die drei Kinderchen daheim.
Molly eilt, sie zu beschauen,
  Und ihr Herz geht aus dem Leim.

Und sie trägt sie kurz entschlossen
  Zu der eignen Lagerstatt,
Wo sie nunmehr fünf Genossen
  An der Brust zu Gaste hat.

Mensch, mit traurigem Gesichte,
  Sprich nicht nur von Leid und Streit,
Selbst in Brehms Naturgeschichte
  Findet sich Barmherzigkeit.

———

Nachdem er am Sonntagmorgen
  Vor seinem Spiegel gestanden,
Verschwanden die letzten Sorgen
  Und Zweifel, die noch vorhanden.

Er wurde so verwegen,
  Daß er nicht länger schwankte.
Er schrieb ihr. Sie dagegen
  Erwidert: Nein, sie dankte.

Der Schreck, den er da hatte,
  Hätt ihn fast umgeschmissen,
Als hätt ihn eine Ratte
  Plötzlich ins Herz gebissen.

———

Ach, wie eilte so geschwinde
  Dieser Sommer durch die Welt.
Herbstlich rauscht es in der Linde,
Ihre Blätter mit dem Winde
  Wehen über's Stoppelfeld.

Hörst du in den Lüften klingend
  Sehnlich klagend das Kuru?
Wandervögel, flügelschwingend,
Lebewohl der Heimath singend,
  Ziehn dem fremden Lande zu.

Morgen muß ich in die Ferne.
  Liebes Mädchen, bleib mir gut.
Morgen lebt in der Kaserne,
Daß er exerziren lerne,
  Dein dich liebender Rekrut.

Es war die erste Maiennacht.
Kein Mensch im Dorf hat mehr gewacht.
Da hielten, wie es stets der Fall,
Die Thiere ihren Frühlingsball.

Die Gans, die gute Adelheid,
Fehlt nie bei solcher Festlichkeit,
Obgleich man sie nach altem Brauch
Zu necken pflegt. So heute auch.

Frau Schnabel, nannte sie der Kater,
Frau Plattfuß, rief der Ziegenvater;
Doch sie, zwar lächelnd, aber kühl,
Hüllt sich in sanftes Selbstgefühl.

So saß sie denn in ödem Schweigen
Allein für sich bei Spiel und Reigen,
Bei Freudenlärm und Jubeljux.

Sieh da, zum Schluß hat auch der Fuchs
Sich ungeladen eingedrängelt.
Schlau hat er sich herangeschlängelt.

Ihr Diener, säuselt er galant,
Wie geht's der Schönsten in Brabant?
Ich küss der gnäd'gen Frau den Fittig.
Ist noch ein Tänzchen frei, so bitt ich.

Sie nickt verschämt: O Herr Baron!
Indem so walzen sie auch schon.
Wie trippeln die Füße, wie wippeln die Schwänze
Im lustigen Kehraus, dem letzten der Tänze.

Da tönt es vier mit lautem Schlag.
Das Fest ist aus. Es naht der Tag, —

Bald drauf, im frühsten Morgenschimmer,
Ging Mutter Urschel aus, wie immer,
Mit Korb und Sichel, um verstohlen

Sich etwas fremden Klee zu holen.
An einer Hecke bleibt sie stehn:
Herrjeh, was ist denn hier geschehn?
Die Füchse, sag ich, soll man rädern.
Das sind wahrhaftig Gänsefedern.
Ein frisches Ei liegt dicht daneben.
Ich bin so frei es aufzuheben.
Ach, armes Thier, sprach sie bewegt.
Dies Ei hast du vor Angst gelegt.

Ach, wie vieles muß man rügen,
    Weil es sündlich und gemein,
So, zum Beispiel, das Vergnügen,
    Zuzusehn bei Prügelein.

Noch vor kurzem hab ich selber
    Mir zwei Gockel angesehn,
Hier ein schwarzer, da ein gelber,
    Die nicht gut zusammen stehn.

Plötzlich kam es zum Skandale,
    Denn der schwarze macht die Kur,
Was dem gelben alle Male
    Peinlich durch die Seele fuhr.

Mit den Krallen, mit den Sporen,
    Mit dem Schnabel, scharf gewetzt,
Mit den Flügeln um die Ohren
    Hat es Hieb auf Hieb gesetzt.

Manche Feder aus dem Leder
   Reißen und zerschleißen sie,
Und zum Schlusse ruft ein jeder
   Triumphirend Kickriki!

Voller Freude und mit wahrem
   Eifer sah ich diesen Zwist,
Während jedes Huhn im Harem
   Höchst gelassen weiter frisst.

Solch ein Weibervolk mit Flügeln
   Meint, wenn Gockel früh und spät
Seinetwegen sich verprügeln,
   Daß sich das vonselbst versteht.

---

Ich ging zur Bahn. Der Abendzug
   Kam erst um halber zehn.
Wer zeitig geht, der handelt klug,
   Er kann gemüthlich gehn.

Der Frühling war so warm und mild,
   Ich ging wie neubelebt,
Zumal ein werthes Frauenbild
   Mir vor der Seele schwebt.

Daß ich sie heut noch sehen soll,
   Daß sie gewiß noch wach,
Davon ist mir das Herz so voll,

Ich steh und denke nach.

Ein Häslein, das vorüber stiebt,
    Ermahnt ich: Lass dir Zeit,
Ein guter Mensch, der glücklich liebt,
    Thut keinem was zu leid.

Von ferne aus dem Wiesenteich
    Erklang der Frösche Chor,
Und überm Walde stieg zugleich
    Der goldne Mond empor.

Da bist du ja, ich grüße dich,
    Du traulicher Kumpan.
Bedächtig wandelst du wie ich
    Dahin auf deiner Bahn.

Dies lenkte meinen Denkersinn
    Auf den Geschäftsverlauf;
Ich überschlug mir den Gewinn.
    Das hielt mich etwas auf.

Doch horch, da ist die Nachtigall,
    Sie flötet wunderschön.
Ich flöte selbst mit sanftem Schall
    Und bleib ein wenig stehn.

Und flötend kam ich zur Station,
    Wie das bei mir Gebrauch.
O weh, was ist das für ein Ton?
    Der Zug der flötet auch.

Dort saust er hin. Ich stand versteint.

Dann sah ich nach der Uhr,
Wie jeder, der zu spät erscheint.
So will es die Natur.

Fritz, der mal wieder schrecklich träge,
Vermuthet, heute giebt es Schläge,
Und knöpft zur Abwehr der Attacke
Ein Buch sich unter seine Jacke,
Weil er sich in dem Glauben wiegt,
Daß er was auf den Buckel kriegt.
    Die Schläge trafen richtig ein.
Der Lehrer meint es gut. Allein
Die Gabe wird für heut gespendet
Mehr unten, wo die Jacke endet,
Wo Fritz nur äußerst leicht bekleidet
Und darum ganz besonders leidet.
    Ach, daß der Mensch so häufig irrt
Und nie recht weiß, was kommen wird!

———

Ein Mensch, der etwas auf sich hält,
Bewegt sich gern in feiner Welt,
Denn erst in weltgewandten Kreisen
Lernt man die rechten Redeweisen,
Verbindlich, aber zugespitzt,
Und treffend, wo die Schwäre sitzt.
    Es ist so wie mit Rector Knaut,
Der immer lächelt, wenn er haut.
Auch ist bei Knaben weit berüchtigt
Das Instrument, womit er züchtigt.
Zu diesem Zweck bedient er nämlich,
Als für den Sünder gut bekömmlich,
Sich einer schlanken Haselgerte,
Zwar biegsam, doch nicht ohne Härte,

Die sich, von rascher Hand bewegt,
Geschmeidig um die Hüfte legt.
    Nur wer es fühlte, der begreift es:
Vorn schlägt er zu und hinten kneift es.

———

Sag Atome, sage Stäubchen.
    Sind sie auch unendlich klein,
Haben sie doch ihre Leibchen
    Und die Neigung da zu sein.

Haben sie auch keine Köpfchen,
    Sind sie doch voll Eigensinn.
Trotzig spricht das Zwerggeschöpfchen:
    Ich will sein so wie ich bin.

Suche nur, sie zu bezwingen,
    Stark und findig, wie du bist.
Solch ein Ding hat seine Schwingen,
    Seine Kraft und seine List.

Kannst du auch aus ihnen schmieden
    Deine Rüstung als Despot,
Schließlich wirst du doch ermüden,
    Und dann heißt es: Er ist todt.

———

Lange warst du im Gedrängel,

Aller Dinge tief versteckt,
Bis als einen kleinen Bengel
  Unser Auge dich entdeckt.

Schreiend hast du Platz genommen,
  Zum Genuß sofort bereit,
Und wir hießen dich willkommen,
  Pflegten dich mit Zärtlichkeit.

Aber eh du recht empfunden,
  Was daheim für Freuden blühn,
Hast dein Bündel du gebunden,
  Um in fremdes Land zu ziehn.

Leichte lustige Gesellen
  Finden sich an jedem Ort.
Weiber schelten, Hunde bellen,
  Lachend zogst du weiter fort.

Sahst die Welt an beiden Enden,
  Hast genippt und hast genascht.
Endlich fest mit Klammerhänden
  Hat die Liebe dich erhascht.

Und du zogst den Kinderwagen,
  Und du trugst, was dir bestimmt,
Seelenlast und Leibesplagen,
  Bis der Rücken sich gekrümmt

Nur Geduld. Es steht ein Flieder
  An der Kirche grau und alt.
Dort für deine müden Glieder
  Ist ein kühler Aufenthalt.

Wahrlich, sagte meine Tante,
Die fast alle Geister kannte,
Keine Täuschung ist die Trud.

Weißt du nicht, daß böse Seelen
Nächtlich aus dem Leibe rücken,
Um den Menschen zu bedrücken
Und zu treten und zu quälen,
Wenn er auf dem Rücken ruht?

Lautlos durch verschlossne Thüren
Immer näher siehst du's kommen,
Zauberhaft und wunderlich.
Und dir graust es vor dem Dinge,
Und du kannst dich doch nicht rühren,
Und du fühlst dich so beklommen,
Möchtest rufen, wenn's nur ginge,
Und auf einmal hat es dich.

Doch wer klug, weiß sich zu schützen:
Abends beim Zurruhegehn
Brauchst du bloß darauf zu sehn,
Daß die Schuhe mit den Spitzen
Abgewandt vom Bette stehn.

Außerdem hab ich gehört:
Leichtes Herz und leichter Magen,
Wie in andern Lebenslagen,
Sind auch hier empfehlenswerth.

Um acht, als seine werthe Sippe
   Noch in den Federn schlummernd lag,
Begrüßt er von der Felsenklippe
   Bereits den neuen Frühlingstag.

Und wie die angenehme Sonne
   Liebreich zu ihm hernieder schaut,
Da ist in süßer Rieselwonne
   Sein ganzes Wesen aufgethaut.

Es schmilzt die schwere Außenhülle.
   Ihm wird so wohl, ihm wird so leicht.
Er schwebt im Geist als freier Wille
   Hinaus, so weit das Auge reicht.

Fort überthal, zu fernen Hügeln,
   Den Strom entlang, bis an das Meer,
Windeilig, wie auf Möwenflügeln,
   Zieht er in hoher Luft einher.

Hier traf er eine Wetterwolke.
   Die wählt er sich zum Herrschersitz.
Erhaben über allem Volke
   Thront er in Regen, Sturm und Blitz.

Oweh, der Zauber ist zuende.
   Durchweicht vom Hut bis in die Schuh,
Der Buckel steif und lahm die Lende,
   So schleicht er still der Heimat zu.

Zum Trost für seine kalten Glieder
   Empfängt ihn gleich ein warmer Gruß.
Na, hieß es, jetzt bekommst du wieder

Dein Reißen in den Hinterfuß.

———

Es war ein Mägdlein froh und keck,
 Stets lacht ihr Rosenmund,
Ihr schien die Liebe Lebenszweck
 Und alles andre Schund.

Sie denkt an nichts, als an Pläsir,
 Seitdem die Mutter todt,
Sie lacht und liebt, obgleich es ihr
 Der Vater oft verbot.

Einst hat sie frech und unbedacht
 Den Schatz, der ihr gefällt,
Sich für die Zeit um Mitternacht
 Zum Kirchhof hinbestellt.

Und als sie kam zum Stelldichein,
 O hört, was sich begab.
Da stand ein Geist im Mondenschein
 Auf ihrer Mutter Grab.

Er steht so starr, er steht so stumm,
 Er blickt so kummervoll.
Das Mägdlein dreht sich schaudernd um
 Und rennt nach Haus wie toll.

Es wird, wer einen Geist gesehn,
 Nie mehr des Lebens froh,

Er fühlt, es ist um ihn geschehn.
Dem Mägdlein ging es so.

Sie welkt dahin, sie will und mag
Nicht mehr zu Spiel und Tanz.
Man flocht ihr um Johannistag
Bereits den Todtenkranz.

Das Pfäfflein saß beim Frühstückschmaus.
Er schaut und zieht die Stirne kraus.
Wer, fragt er, hat die Wurst gebracht?
Die Köchin sprach: Es war die Liese,
Die Alte von der Gänsewiese.
Drum, rief er, sah ich in letzter Nacht,
Wie durch die Luft in feurigem Bogen
Der Böse in ihren Schlot geflogen.
Verdammte Hex,
Ich riech, ich schmeck's,
Der Teufel hat die Wurst gemacht.
Spitz, da geh her! — Der Hund, nicht faul,
Verzehrt die Wurst und leckt das Maul.
Er nimmt das Gute, ohne zu fragen,
Ob's Beelzebub unter dem Schwanz getragen.

Es fand der geizige Bauer Kniep
Im Grabe keine Ruhe.

Die Sehnsucht nach dem Gelde trieb
  Ihn wieder zu seiner Truhe.

Die Erben wollten diesen Gast
  Im Haus durchaus nicht haben,
Weil ihnen der Verkehr verhasst
  Mit Einem, der schon begraben.

Sie dachten, vor Drudenfuß und Kreuz
  Ergebenst verschwinden sollt er.
Er aber vollführte seinerseits
  Nur um so mehr Gepolter.

Zum Glück kam gerade zugereist
  Ein Meister, der vieles erkundet.
Der hat gar schlau den bösen Geist
  In einem Fass verspundet.

Man fuhr es bequem, als wär es leer,
  Bis an ein fließend Gewässer.
Da plötzlich machte sich Kniep so schwer,
  Wie zehn gefüllte Fässer.

Gottlieb, der Kutscher, wundert sich.
  Nach rückwärts blickt er schnelle.
Wumm, knallt der Spund. Der Geist entwich
  Und spukt an der alten Stelle.

Wie sonst, besucht er jede Nacht
  Die eisenbeschlagene Kiste
Und rumpelt, hustet, niest und lacht,
  Als ob er von nichts was wüsste.

Kein Mittel erwies sich als probat.
  Der Geist ward nur erboster.
Man trug, es blieb kein andrer Rath,
  Den Kasten zum nächsten Kloster.

Der Pförtner sprach: Willkommen im Stift
  Und herzlich guten Morgen!
Was Geld und böse Geister betrifft,
  Das wollen wir schon besorgen.

Ich bin ein armer Schreiber nur,
  Hab weder Haus noch Acker,
Doch freut mich jede Kreatur,
  Sogar der Spatz, der Racker.

Er baut von Federn, Haar und Stroh
  Sein Nest geschwind und flüchtig,
Er denkt, die Sache geht schon so,
  Die Schönheit ist nicht wichtig.

Wenn man den Hühnern Futter streut,
  Gleich mengt er sich dazwischen,
Um schlau und voller Rührigkeit
  Sein Körnlein zu erwischen.

Maikäfer liebt er ungemein,
  Er weiß sie zu behandeln;
Er hackt die Flügel, zwackt das Bein
  Und knackt sie auf wie Mandeln.

Im Kirschenbaum frisst er verschmitzt
   Das Fleisch der Beeren gerne;
Dann hat, wer diesen Baum besitzt,
   Nachher die schönsten Kerne.

Es fällt ein Schuß. Der Spatz entfleucht
   Und ordnet sein Gefieder.
Für heute bleibt er weg vielleicht,
   Doch morgen kommt er wieder.

Und ist es Winterzeit und hat's
   Geschneit auf alle Dächer,
Verhungern thut kein rechter Spatz,
   Er kennt im Dach die Löcher.

Ich rief: Spatz komm, ich füttre dich!
   Er fasst mich scharf in's Auge.
Er scheint zu glauben, daß auch ich
   Im Grunde nicht viel tauge.

———

Frau Grete hatt ein braves Huhn,
Das wusste seine Pflicht zu thun.
Es kratzte hinten, pickte vorn,
Fand hier ein Würmchen, da ein Korn,
Erhaschte Käfer, schnappte Fliegen
Und eilte dann mit viel Vergnügen
Zum stillen Nest, um hier geduldig
Das zu entrichten, was es schuldig.

Fast täglich tönte sein Geschrei:
Victoria, ein Ei, ein Ei!
   Frau Grete denkt: Oh, welch ein Segen,
Doch könnt es wohl noch besser legen.
Drum reicht sie ihm, es zu verlocken,
Oft extra noch die schönsten Brocken.
   Dem Hühnchen war das angenehm.
Es putzt sich, macht es sich bequem,
Wird wohlbeleibt, ist nicht mehr rührig
Und sein Geschäft erscheint ihm schwierig.
Kaum daß ihm noch mit Drang und Zwang
Mal hie und da ein Ei gelang.
Dies hat Frau Greten schwer bedrückt,
Besonders, wenn sie weiter blickt;
Denn wo kein Ei, da ist's vorbei
Mit Rührei und mit Kandisei.
   Ein fettes Huhn legt wenig Eier.
Ganz ähnlich geht's dem Dichter Meier,
Der auch nicht viel mehr dichten kann,
Seit er das große Loos gewann.

———

Wer einsam ist, der hat es gut,
Weil Keiner da, der ihm was thut.
   Ihn stört in seinem Lustrevier
Kein Thier, kein Mensch und kein Klavier,
Und Niemand giebt ihm weise Lehren,
Die gut gemeint und bös zu hören.
   Der Welt entronnen, geht er still
In Filzpantoffeln, wann er will.

Sogar im Schlafrock wandelt er
Bequem den ganzen Tag umher.
   Er kennt kein weibliches Verbot,
Drum raucht und dampft er wie ein Schlot.
   Geschützt vor fremden Späherblicken,
Kann er sich selbst die Hose flicken.
   Liebt er Musik, so darf er flöten,
Um angenehm die Zeit zu tödten,
Und laut und kräftig darf er prusten,
Und ohne Rücksicht darf er husten,
Und allgemach vergisst man seiner.
Nur allerhöchstens fragt mal Einer:
Was, lebt er noch? Ei schwerenoth,
Ich dachte längst, er wäre todt.
   Kurz, abgesehn vom Steuerzahlen,
Läßt sich das Glück nicht schöner malen.
   Worauf denn auch der Satz beruht:
Wer einsam ist, der hat es gut.

———

Man sagt, ein Schnäpschen, insofern
Es kräftig ist, hat jeder gern.
   Ganz anders denkt das Volk der Bienen,
Der Süffel ist verhasst bei ihnen,
Sein Wohlgeruch thut ihnen weh.
Sie trinken nichts wie Blüthenthee,
Und wenn wer kommt, der Schnäpse trank,
Gleich ziehen sie den Stachel blank.
   Letzthin hat einem Bienenstöckel
Der brave alte Schneider Böckel,

Der nicht mehr nüchtern in der That,
Aus Neubegierde sich genaht.

Sofort von einem regen Leben
Sieht Meister Böckel sich umgeben.
Es dringen giftgetränkte Pfeile
In seine nackten Körpertheile,
Ja manche selbst durch die nur lose
Und leichtgewirkte Sommerhose,
Besonders, weil sie stramm gespannt.

Zum Glück ist Böckel kriegsgewandt.
Er zieht sich kämpfend wie ein Held
Zurück in's hohe Erbsenfeld.

Hier hat er Zeit, an vielen Stellen
Des Leibes merklich anzuschwellen,
Und als er wiederum erscheint,
Erkennt ihn kaum sein bester Freund.

Natürlich, denn bei solchem Streit
Verliert man seine Ähnlichkeit.

———

Es grünte allenthalben.
    Der Frühling wurde wach.
Bald flogen auch die Schwalben
    Hell zwitschernd um das Dach.

Sie sangen unermüdlich
    Und bauten außerdem
Am Giebel rund und niedlich
    Ihr Nest aus feuchtem Lehm.

Und als sie eine Woche
  Sich redlich abgequält,
Hat nur am Eingangsloche
  Ein Stückchen noch gefehlt.

Da nahm der Spatz, der Schlingel,
  Die Wohnung in Besitz.
Jetzt hängt ein Strohgeklüngel
  Hervor aus ihrem Schlitz.

Nicht schön ist dies Gebahren
  Und wenig ehrenwerth
Von Einem, der seit Jahren
  Mit Menschen viel verkehrt.

———

Tugend will, man soll sie holen,
  Ungern ist sie gegenwärtig;
Laster ist auch unbefohlen
  Dienstbereit und fix und fertig.

Gute Thiere, spricht der Weise,
  Mußt du züchten, mußt du kaufen,
Doch die Ratten und die Mäuse
  Kommen ganz von selbst gelaufen.

———

Frau Urschel theilte Freud und Leid

Mit ihrer lieben Kuh,
Sie lebten in Herzeinigkeit
Ganz wie auf Du und Du.

Wie war der Winter doch so lang,
Wie knapp ward da das Heu,
Frau Urschel rief und seufzte bang:
O komm, du schöner Mai!

Komm schnell und lindre unsre Noth,
Der du die Krippe füllst;
Wenn ich und meine Kuh erst todt,
Dann komme, wann du willst.

———

Daß der Kopf die Welt beherrsche,
Wär zu wünschen und zu loben,
Längst vor Gründen wär die närrsche
Gaukelei in Nichts zerstoben.

Aber wurzelhaft natürlich
Herrscht der Magen nebst Genossen,
Und so treibt, was unwillkürlich,
Täglich tausend neue Sprossen.

———

Die laute Welt und ihr Ergötzen,
Als eine störende Erscheinung,

Vermag der Weise nicht zu schätzen.
Ein Maulwurf war der gleichen Meinung.
Er fand an Lärm kein Wohlgefallen,
Zog sich zurück in kühle Hallen
Und ging daselbst in seinem Fach
Stillfleißig den Geschäften nach.
Zwar sehen konnt er da kein Bissel,
Indessen sein getreuer Rüssel,
Ein Nervensitz voll Zartgefühl,
Führt sicher zum erwünschten Ziel.
Als Nahrung hat er sich erlesen
Die Leckerbissen der Chinesen,
Den Regenwurm und Engerling,
Wovon er vielfach fette fing.
Die Folge war, was ja kein Wunder,
Sein Bäuchlein wurde täglich runder,
Und wie das häufig so der Brauch,
Der Stolz wuchs mit dem Bauche auch.
Wohl ist er stattlich von Person
Und kleidet sich wie ein Baron,
Nur schad, ihn und sein Sammetkleid
Sah Niemand in der Dunkelheit.
So trieb ihn denn der Höhensinn,
Von unten her nach oben hin,
Zehn Zoll hoch, oder gar noch mehr,
Zu seines Namens Ruhm und Ehr
Gewölbte Tempel zu entwerfen,
Um denen draußen einzuschärfen,
Daß innerhalb noch einer wohne,
Der etwas kann, was nicht so ohne.
Mit Baulichkeiten ist es misslich.
Ob man sie schatzt, ist ungewisslich.
Ein Mensch von andrem Kunstgeschmacke,

Ein Gärtner, kam mit einer Hacke.

Durch kurzen Hieb nach langer Lauer
Zieht er an's Licht den Tempelbauer
Und haut so derb ihn übers Ohr,
Daß er den Lebensgeist verlor.

Da liegt er nun der stolze Mann.
Wer thut die letzte Ehr ihm an?

Drei Käfer, schwarz und gelb gefleckt,
Die haben ihn mit Sand bedeckt.

Ich schlief. Da hatt ich einen Traum.
Mein Ich verließ den Seelenraum.

Frei vom gemeinen Tagesleben,
Vermocht ich leicht dahin zu schweben.

So, angenehm mich fortbewegend,
Erreicht ich eine schöne Gegend.

Wohin ich schwebte, wuchs empor
Alsbald ein bunter Blumenflor,
Und lustig schwärmten um die Dolden
Viel tausend Falter, roth und golden.

Ganz nah auf einem Lilienstengel,
Einsam und sinnend, saß ein Engel,
Und weil das Land mir unbekannt,
Fragt ich: Wie nennt sich dieses Land?

Hier, sprach er, ändern sich die Dinge.
Du bist im Reich der Schmetterlinge.

Ich aber, wohlgemuth und heiter,
Zog achtlos meines Weges weiter.

Da kam, wie ich so weiter glitt,

Ein Frauenbild und schwebte mit,
Als ein willkommenes Geleite,
Anmuthig lächelnd mir zur Seite,
Und um sie nie mehr loszulassen,
Dacht ich die Holde zu umfassen;
Doch eh ich Zeit dazu gefunden,
Schlüpft sie hinweg und ist verschwunden.

Mir war so schwül. Ich mußte trinken.
Nicht fern sah ich ein Bächlein blinken.
Ich bückte mich hinab zum Wasser.
Gleich faßt ein Arm, ein kalter blasser,
Vom Grund herauf mich beim Genick.

Zwar zog ich eilig mich zurück,
Allein der Hals war steif und krumm,
Nur mühsam dreht ich ihn herum,
Und ach, wie war es rings umher
Auf einmal traurig, öd und leer.

Von Schmetterlingen nichts zu sehn,
Die Blumen, eben noch so schön,
Sämtlich verdorrt, zerknickt, verkrumpelt.
So bin ich seufzend fortgehumpelt,
Denn mit dem Fliegen, leicht und frei,
War es nun leider auch vorbei.

Urplötzlich springt aus einem Graben,
Begleitet vom Geschrei der Raben,
Mir eine Hexe auf den Nacken
Und spornt mich an mit ihren Hacken,
Und macht sich schwer, wie Bleigewichte,
Und drückt und zwickt mich fast zunichte,
Bis daß ich matt und lendenlahm
Zu einem finstern Walde kam.

Ein Jägersmann, dürr von Gestalt,
Trat vor und rief ein dumpfes Halt.

Schon liegt ein Pfeil auf seinem Bogen,
Schon ist die Sehne straff gezogen.
Jetzt trifft er dich in's Herz, so dacht ich,
Und von dem Todesschreck erwacht ich
Und sprang vom Lager ungesäumt,
Sonst hätt ich wohl noch mehr geträumt.

———

Der Winter ging, der Sommer kam.
    Er bringt auf's neue wieder
Den vielbeliebten Wunderkram
    Der Blumen und der Lieder.

Wie das so wechselt Jahr um Jahr,
    Betracht ich fast mit Sorgen.
Was lebte, starb, was ist, es war,
    Und heute wird zu morgen.

Stets muß die Bildnerin Natur
    Den alten Thon benützen,
In Haus und Garten, Wald und Flur,
    Zu ihren neuen Skizzen.

———

Ich schnürte meinen Ranzen
    Und kam zu einer Stadt,
Allwo es mir im ganzen
    Recht gut gefallen hat.

Nur eines macht beklommen,
  So freundlich sonst der Ort:
Wer heute angekommen,
  Geht morgen wieder fort.

Bekränzt mit Trauerweiden,
  Vorüber zieht der Fluß,
Den jeder beim Verscheiden
  Zuletzt passiren muß.

Wohl dem, der ohne Grauen,
  In Liebe treu bewährt,
Zu jenen dunklen Auen
  Getrost hinüber fährt.

Zwei Blinde, müd vom Wandern,
  Sah ich am Ufer stehn,
Der eine sprach zum andern:
  Leb wohl, auf Wiedersehn.

**München.**

**Druck von Knorr & Hirth, G.m.b.H.**

Verlag von Fr. Bassermann in München.
Humoristische Schriften von Wilhelm Busch:

Kritik des Herzens.          6 Bogen kl. 8º cart. 9. Aufl. 2 Mk.

| | |
|---|---|
| Der Schmetterling. | 6 Bogen kl. 8º mit 20 Zeichnungen, 3. Aufl., cart. 2 Mk. |
| Eduard's Traum. | 4 Aufl. 5½ Bog. 8º cart. 2 Mk. |
| Die fromme Helene. | 7 Bogen mit 180 Holzschnitten. (151-155stes Tausend.) 1 Mark 50 Pfg. |
| Plisch und Plum. | 4 Bogen mit 100 Bildern. (37-40stes Tausend.) 1 Mark. |
| Pater Filucius. | Allegorisches Zeitbild mit Portrait und Selbstbiographie Wilhelm Busch's. 2½ Bogen mit 74 Holzschnitten. (54-58stes Tausend.) 1 Mk. |
| Bilder zur Jobsiade. | 4½ Bogen mit 104 Holzschnitten (37-39stes Tausend.) 1 Mark. |
| Die Haarbeutel. | 4 Bogen mit 112 Bildern. (35stes bis 37stes Tausend.) 1 Mark. |
| Balduin Bählamm, | der verhinderte Dichter. 4½ Bogen mit 108 Bildern. (32-34stes Tausend.) 1 Mark. |
| Der Geburtstag oder Die Partikularisten. | Schwank in 100 Bildern. 4 Bogen. (44-46stes Tausend.) 1 Mark. |
| Fipps, der Affe. | 5½ Bogen mit 150 Bildern. (32-35stes Tausend.) 1 Mk. 50 Pfg. |
| Dideldum! | 4 Bogen mit 100 Holzschnitten. (37-39stes Tausend.) 1 Mark. |
| Maler Klecksel. | 4 Bogen mit 100 Holzschnitten (35-37stes Tausend.) 1 Mark. |
| Abenteuer eines Junggesellen. | 5½ Bogen mit 156 Holzschnitten. (65stes bis 69stes Tausend.) 1 Mk. 50 Pfg. |
| Herr und Frau Knopp. | 4½ Bogen mit 100 Bildern. (64-68stes Tausend.) 1 Mark. |
| Julchen. | 4 Bogen mit 104 Bildern. (64-68stes Tausend.) 1 Mark. |

Die drei letzten Werkchen enthalten zusammen:
Knopp's Erlebnisse als Junggeselle, Ehemann und Vater.

Kinderbücher von Wilhelm Busch:

| | |
|---|---|
| Bilderpossen. | Vier heitere Geschichten in Versen mit 72 Bildern. 3 Aufl. 4½ Bogen Quart. Gebunden. Schwarz 2 Mark. Colorirt 3 Mark. |
| Sechs Geschichten für Neffen und Nichten. | Märchen und Fabeln in Versen mit 73 Bildern in Farbendruck. 14-15stes Tausend. 12 Bogen. Quart. Gebunden 3 Mark 50 Pf. |
| Der Fuchs. Die Drachen. | Zwei lustige Sachen. 5. Aufl. 4½ Bogen 8º mit 38 Bildern. Cartonnirt. Schwarz 2 Mark. Colorirt 2 Mark 50 Pf. |

⸺

Für alle, welche **Sinn für echten Humor** haben, ist das

# Wilhelm Busch-Album

*Humoristischer Hausschatz*

enthaltend 13 der besten Schriften des Humoristen mit 1500
Bildern u. das Porträt W. Busch's nach

Franz von Lenbach,

ein ergötzlicher Besitz und das passendste Geschenk bei
jeglicher Gelegenheit.

13. Auflage. 81$^{stes}$ bis 85$^{stes}$ Tausend.

**Preis: in roth oder grün Leinwand gebunden Mk. 20.—.**

Dieses elegant und vornehm ausgestattete Werk enthält sämmtliche in unserm Verlag erschienene illustrirte humoristische Dichtungen

**Wilhelm Busch's**
für Erwachsene.